AVANT DE ME LIRE

n'oublie pas

de te laver les mains

afin que

JE RESTE PROPRE

La visite de Mamie

Texte de *Jill Paton Walsh*
Illustrations de *Sophy Williams*

kaléidoscope

Texte traduit de l'anglais par Isabel Finkenstaedt

Titre de l'ouvrage original : WHEN GRANDMA CAME
Editeur original : Penguin Books Ltd, London
Texte copyright © Jill Paton Walsh, 1992
Illustrations copyright © Sophy Williams, 1992
Tous droits réservés
Pour la traduction française : © Kaléidoscope 1992
Loi n° 49.956 du 16 juillet 1949 sur le publications
destinées à la jeunesse : septembre 1992
Dépôt légal : septembre 1992
Imprimé en Italie

Diffusion l'école des loisirs

*Lorsque Mamie alla faire un séjour chez Madeleine,
elle lui annonça :*

"J'ai visité l'île du Mont Désert, loin, très loin,

et j'y ai vu la silhouette d'une grosse baleine rouler
dans les profondeurs ...

*... mais je n'ai jamais, au grand jamais,
rien vu d'aussi spectaculaire que toi !*

J'ai visité les plaines de glace dans l'Antarctique, loin, très loin,

et j'y ai vu les ours polaires jouer et gambader à minuit ...

*... mais je n'ai jamais, au grand jamais,
rien vu d'aussi éveillé que toi !*

J'ai visité les rivages des lacs en Afrique, loin, très loin,

et j'y ai vu les grands hippopotames prendre des bains de boue ...

... mais je n'ai jamais, au grand jamais,
rien vu d'aussi sale que toi !

J'ai visité la brousse en Australie, loin, très loin,

et j'y ai rencontré la famille kangourou qui
faisait des bonds à travers la prairie ...

... mais je n'ai jamais, au grand jamais,
rien vu qui sautillait comme toi !

J'ai visité les jungles d'Inde, loin, très loin,

et j'y ai entendu le cri des tigres dans la lumière ombragée ...

... mais je n'ai jamais, au grand jamais,
rien entendu d'aussi bruyant que toi !

J'ai visité le grand fleuve du Nil sur un bateau, loin, très loin,

et j'y ai vu comment la végétation pousse entre désert et désert ...

... mais je n'ai jamais, au grand jamais,
rien vu pousser comme toi !

Je me souviens d'avoir vu la lumière de la lune et des étoiles briller sur

les vallées, les montagnes, les villes et les jardins du monde entier ...

... mais je ne me souviens de rien qui soit aussi divin que toi !"

"Je t'aime aussi, Mamie", dit Madeleine.